Para Mami y Marilyn

Versify es un sello de HarperCollins Publishers.
HarperCollins Español es un sello de HarperCollins Publishers.

Suena a Alegría
Copyright © 2025 de Yesenia Moises
Copyright de la traducción © 2025 de HarperCollins Publishers
Todos los derechos reservados. Hecho en Capriate San Gervasio, Italia. Ninguna parte de este libro puede ser usada o reproducida de ninguna manera sin permiso por escrito, excepto en el caso de breves citas insertadas en artículos críticos y reseñas. Para más información, diríjase a HarperCollins Children's Books, una división de HarperCollins Publishers, 195 Broadway, New York, NY 10007.
www.harpercollinschildrens.com

ISBN 978-0-06-333388-8

La artista usó Adobe Photoshop para crear las ilustraciones para este libro.
25 26 27 28 29 RTLO 10 9 8 7 6 5 4 3 2 1

Primera Edición

SUENA A ALEGRÍA

ESCRITO E ILUSTRADO POR **Yesenia Moises**
TRADUCIDO POR ISABEL C. MENDOZA

VERSIFY
Un sello de HarperCollinsPublishers

Un objeto raro estaba flotando hoy en el arrecife.
Era redondo, como una galleta de mar, pero tenía conchitas alrededor.
Cuando Alegría lo levantó, hizo "tilín-tilán".

Se contoneó igualito que las algas, y las algas bailaron con ella mientras Alegría sacudía los hombros al ritmo de las hojas. Estas silbaron y se mecieron, haciendo...

shhh shhh shhh shhh shhh

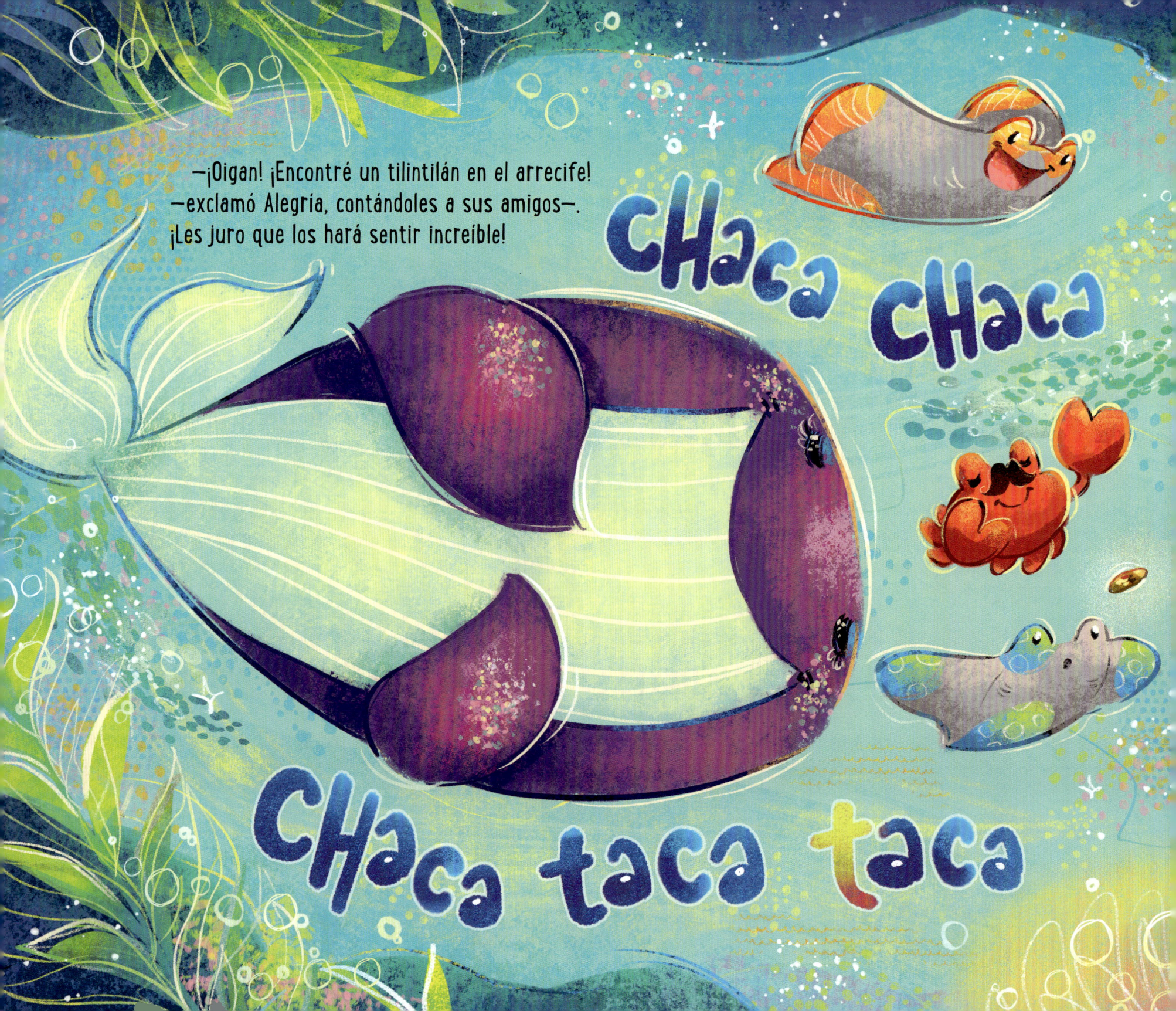

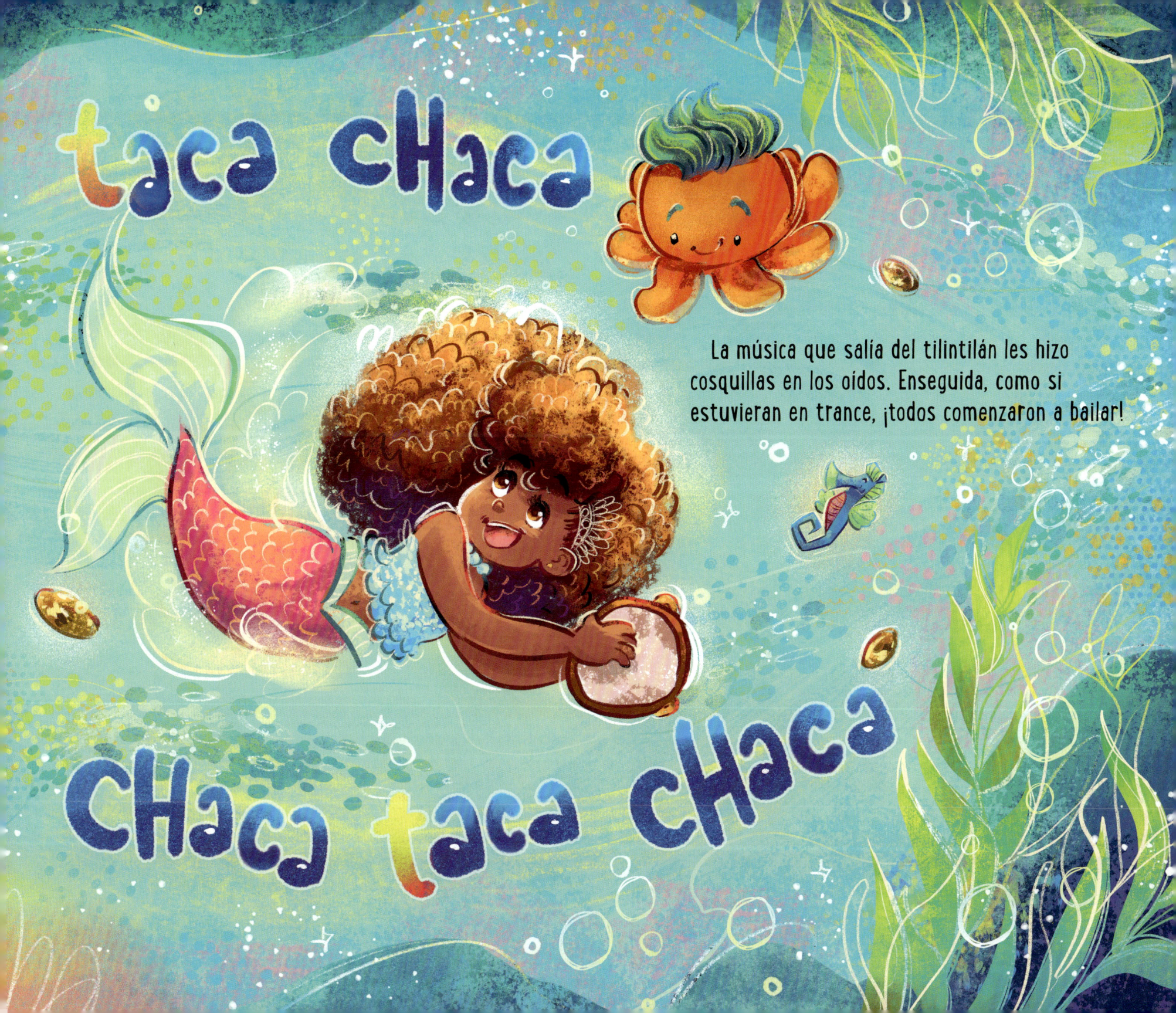

Cuando Alegría se preparaba para el gran final, se dio cuenta de que el tilintilán estaba sonando un poco raro.

cHaca taca... taca... ¡TUN!

—¡Jamás volveré a encontrar un sonido como aquel! —dijo Alegría, mientras Ballena le limpiaba las lágrimas.

—¡No llores, Alegría! Estamos seguras de que podremos encontrar un sonido tan increíble como el de tu tilintilán —dijeron las mantarrayas gemelas.

—¡Creo que tengo algo que podría funcionar! —interrumpió una voz.

—Cuando muevo mis brazos como olas, hacen ¡FUISH! —exclamó Pulpo—. ¿Quieres bailar conmigo?

Alegría soltó una risita mientras ella y Pulpo bailaban moviendo los brazos al mismo tiempo.

El mar los acompañó, meciéndose suavemente; y una leve sonrisa se dibujó en el rostro de Alegría.

Ballena se hizo cargo de la situación.
—No, no, no. ¡Tiene que cantar con el alma! Vamos, Alegría, canta conmigo.

Ballena soltó una tonada estruendosa, y Alegría trató de acompañarla con su delicada voz.

La di da di da di do di da

El sonido del dúo hizo vibrar el corazón de Alegría. Se sentía bonito, pero no como con el tilintilán.

—¡Mira! ¡Mira! Yo también puedo hacer un sonido divertido: con mi nariz —comentó Caballito de Mar.

Cuando comenzó a tocar su trompa con forma de corneta, le dio un poco de hipo. Lo que sonó fue un gluglú.

Cangrejo hizo repiquetear sus tenazas, y el sonido puso a las mantarrayas gemelas a girar y hacer piruetas, y a Alegría, a bailar un vertiginoso vals.

claca clac clac

El sonido eléctrico se propagaba resplandeciente mientras el grupo, fascinado, continuaba nadando.
—¿Adónde vamos? —indagó Alegría.
—Queremos mostrarte...

... ¡el sonido más maravilloso de todos!
Alegría quedó sorprendida con lo que vio.
El arrecife estaba adornado con filas de medusas,
y en el centro se encontraban sus otros amigos.

Pulpo se acercó a ella sosteniendo un objeto que resultaba familiar.

Era una galleta de mar de verdad, redonda, y con conchitas alrededor. Parecía como si pudiera hacer "tilín-tilán".

—Es un regalo —dijo Pulpo—. De todos nosotros para ti.

—Gracias a todos. Hoy me divertí muchísimo —dijo Alegría, en voz baja—. Ustedes me enseñaron a hacer sonidos maravillosos...

... Pero creo que el sonido que yo estaba buscando era aquel en el que todos estaban riendo y sonriendo...
¿Pueden ayudarme a escucharlo otra vez?

Una nueva tonada inundó el océano, con el chacataca del tilintilán dirigiendo la melodía.

El sonido le hizo cosquillas a Alegría en las comisuras de la boca.

Y tamborileó al ritmo de su corazón. Y burbujeando, subió hasta salir convertido en una sonrisa.

CÓMO HACER UN TILINTILÁN

El viaje de Alegría en busca del sonido más maravilloso del océano ha terminado, ¡pero el tuyo apenas comienza! Crea tu propio tilintilán usando objetos que puedes encontrar en tu casa y un poco de imaginación, tal y como lo hicieron los amigos de Alegría. ¡Asegúrate de pedirle ayuda a un adulto!

LO QUE NECESITARÁS:

Dos (2) platos de papel

Una taza de medir

Frijoles secos (o arroz crudo o pasta pequeña, como macarrones)

Cinta adhesiva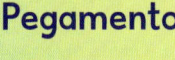

Pegamento

Papel de construcción (de diferentes colores)

Lápiz

Tijeras

OPCIONAL: tus materiales de arte favoritos

INSTRUCCIONES:

1. Coloca un plato de papel en tu área de trabajo con la parte superior hacia arriba.
2. Con la taza de medir, mide ¼ de taza de frijoles secos (o arroz crudo o pasta pequeña).
3. Vierte ese ¼ de taza de frijoles secos (o arroz crudo o pasta pequeña) en el centro del primer plato de papel.
4. Coloca el segundo plato de papel sobre el primero, con la parte superior hacia abajo, y une los dos platos poniendo cinta adhesiva por los bordes.
5. Dibuja conchitas en el papel de construcción. (OPCIONAL: ¡Decóralas con tus materiales de arte favoritos!)
6. Pídele a un adulto que te ayude a cortar tus conchitas con las tijeras.
7. Pega las conchitas de papel de construcción alrededor del borde de los platos de papel. (OPCIONAL: ¡Decora también los platos de papel con tus materiales de arte favoritos!)
8. ¡Dale a tu nuevo **tilintilán** un golpecito y sacúdelo! *chaca-chaca-chaca-chaca*

ENCUENTRA MÁS SONIDOS

Nuestro mundo está lleno de sonidos maravillosos: burbujas que hacen "glu-glo" en la bañera, arbustos que hacen "shhh-shhh-shhh" cuando sacudes sus ramas y zuecos que hacen "clac-clac" cada vez que das un paso. ¡Busca a tu alrededor sonidos que te den alegría!